AF245972

Ye

13746

LES ADMIRABLES PROPRIETEZ DE L'ABSYNTHE, NOMMEE

des Espagnols ALOZNA: des Italiens ASSENTIO : des Alemans VVERMVT: des Polonois PYO-LIIN: des Bohemes PELYMENK: des Arabes AFFYNTHIVM : & des François L'HERBE DE L'A-LVYNE : Le tout recueilly par vn Secretaire de LA FAVEVR, disciple de TABARIN.

M. DC. XX.

LES ADMIRABLES PRO-PRIETEZ DE L'ABSYN-THE, NOMMEE DES ESPAGNOLS

Alzone : des Italiens *Assentio* : des Ale-mans *Vvermûr* : des Polonois *Pyolijn* : des Bohemes *Pelymen*K : des Arabes *Af-finthium* : & des François *l'herbe de l'A-luyne* : Le tout curieusement recueilly par vn Secretaire de LA FAVEVR, disciple de TABARIN.

I

A Insi qu'en la place Dauphine,
   TABARIN prise son Onguent,
Ainsi ie prise l'ALVYNE
Comme vn pot pourry excellent,
Qui par sa force souueraine,
Fait miracle en fait de ruine.

II.

Voulez-vous piper la jeunesse,
Mener en triomp' vn grand Roy.

Voulez-vous beffler la Nobleffe,
Et aux Princes donner la Loy:
Faites que toujours voftre haleine,
Sente l'odeur de L'ALVYNE.

III.

Voulez-vous deuenir Monarque,
Auoir Duché & Marquifat,
Paroiftre hóme de grãd remarque
Encore qu'on ne foit qu'vn fat,
Portez deffus vous de la graine,
Ou des branches de L'ALVYNE.

IV.

Voulez-vous eftre Conneftable,
Faire Marefchaux des laquais,
Auoir autour de voftre table,
Des Princes comme des naquets:
Monftrez feulement la racine
Ou la tige de L'ALVYNE.

V.

Voulez-vous fortir d'indigence,
Changer en foye vos haillons,
Et de pied-d'efcau de Prouence,
Deuenir riche à millions :
Mangez tant foit peu de la graine

VI.

Voulez-vous piper vn Prince,
Attraper son Gouuernement;
Achetter toute vne Prouince,
Pour y regner absolument :
Frottez-luy le nez de la graine
Ou bien du jus de L'ALVYNE.

VII.

Voulez-yo⁹ que l'õ vous muguette,
Et qu'on vous rende tous hóneurs
Cómander aux Grands à baguette
Et gourmander tous les Seigneurs :
Faite paroistre à vostre mine
Que vous portez de L'ALVYNE.

VIII.

Voulez-vous paruenir à l'Ordre
Des Cheualiers du S. Esprit,
Et qu'on ne trouue que remordre
Sur vos faicts ny sur vostre esprit,
Frottez vostre espée de graine
Auec du jus de L'ALVYNE.

VIIII.

Voulez-vous sans front & sans hóte

Qu'ou passe des meschans Edits,
Et que dans la Chãbre des Cõptes
Vos dons passent sans contredits,
Semez en tels lieux de la graine
Ou des fueilles de L'ALVYNE.

X.

Voulez-vous sçauoir la science,
Par laquelle Arnoux maniera
De nostre Roy la conscience,
De tel biais, qu'il vous plaira,
Frottez sa robbe de la graine,
Et des fueilles de L'ALVYNE.

XI.

Voulez-vous auec toute audace
Entrer au Cabinet du Roy.
Et que chacun vous face place,
Sans quon ose dire pourquoy,
Faites paroistre à vostre mine
Que vous portez de L'ALVYNE.

XII.

Voulez-vous d'vne main hardie,
Pour establir vos fauoris,
Prendre toute la Picardie,
Et tirer le Roy de Paris,

8

Publiez que le Roy vous meine
Pour aller planter L'ALVYNE.

XIII.

Voulez-vous ſçauoir la maniere
De rendre les furibonds doux,
Et fuſt-ce meſme vn Deſdiguiere,
Le faire plier deſſous vous ;
Faites leur maſcher de la graine
Ou des fueilles de L'ALVYNE.

XIIII.

Voulez-vous que Chóberg ordóne
Payement de nos penſions,
Et qu'à l'Eſpargne l'on vous dóne
Argent ou aſſignations :
Faites cognoiſtre à voſtre mine
Que vous auez de L'ALVYNE.

XV.

Voulez-vous qu'vn Cóſeil conſente
A tout ce que deſirerez,
Et qu'aucun d'eux au Roy n'eſvéte
Les maux qu'auez faicts & ferez,
Faites leur aualler la graine,
Auec le jus de L'ALVYNE.

XVI.

Voulez-vous par voye subtile
Espouſ r vn tres-grand parti,
Puis piper la mere & la fille,
& au bout faire le genti:
Portez deſſus vous de la graine,
Ou des branches de L'ALVYNE.

XVII.

Voulez- vous gaigner par ſequelle
Des Preſtres au petit collet,
Leur faire embraſſer voſtre zele,
Meſme à l'Eueſque du Belley:
Mettez dãs leursmains de la graine
Ou des fueilles de L'ALVYNE.

XVIII.

Voulez-vous ſous ombre de chaſſe,
Reduire la France aux abois,
Et cependant que le Roy chaſſe,
Partager ſa Couronne en trois:
Faites luy ſemer de la graine,
Ou des branches de L'ALVYNE.

XIX.

Voulez-vous forcer la Iuſtice
Gaigner en tous ſens vos procés,

Auoir l'air du Bureau propice,
Et chez les Iuges libre accés,
Portez quant-& vous de la graine
Ou des fueilles de L'ALVYNE.

XX.

Voulez-vous sous belle promesse
Entretenir grands & petits,
Marier le Presche & la Messe,
Pour regner à vos appetits :
Promettez à tous de la graine,
Ou des fueilles de L'ALVYNE.

XXI.

Desirez-vous forger des traistres,
Et des compagnons du Hagen,
Faire en vn rien des valets maistres,
Ne leur prometrez plus d'argent,
Monstrez-leur seulement la graine,
Ou la tige de L'ALVYNE.

XXII.

Mais sur tout ie ne vous puis taire
Vn secret qui est des plus beaux,
C'est que si voulez faire
Toute chose au Garde des Seaux :
Frottez-luy moy sa froide mine,
Auec du jus de L'ALVYNE.

Voulez-vous sçauoir la science,
De jetter vn Roy dans les rets,
Et sans superfluë despence,
Faire vn beau festin, d'vn seul Mets :
Iettez au Meslin force graine,
Ou des branches de L'ALVYNE.

XXIV.

Voulez-vous mettre vostre femme,
Prés la Royne pour la fascher,
Et esloigner vne grand'Dame,
Que la Royne honore & tient cher:
Semez an Louure de la graine,
Ou des fueilles de L'ALVYNE.

XXV.

Desirez-vous guarir Modenne,
Des maux de cœur qui luy font mal,
Et changer ses oreilles d'asne,
A des oreilles de cheual :
Farcissez son ventre de graine,
Ou des fueilles de L'ALVYNE.

XXVI.

e sçauez-vous courre la poste,
Non plus que Branthe & Cadnet,
Auez-vous la teste aussi sotte

Que Bonneual, Mons & Vernet:
Pour guarir, auallez la graine,
Ou bien du suc de L'ALVVNE.

XXVII.

Voulez-vous sans papier ny ancre,
Descriré veritablement,
Les beaux faits du Mareschal d'Ancre,
Faites ramasser gentiment,
Les effets qu'à produit la graine,
Et la tige de L'ALVYNE.

XXVIII.

Voulez-vous rendre languissante,
Vne Royne par desespoir,
Qui se voit à demy-mourante,
Pour voir ce qu'elle ne peut voir,
Mettez prés d'elle la racine:
Ou la tige de L'ALVYNE.

XXIX

Voulez-vous que la Royne mere,
Demeure tousiours en prison,
Et que le Roy soit en colere,
Contr'elle sans droict ny raison,
Faites tousiours que vostre haleine,
Sente l'odeur de L'ALVYNE.

XXX.

Mais voulez-vous que cette drogue,
Ne soit point sujette à l'esuent,
Et qu'elle soit long-temps en vogue,
Enuelopez là promptement,
En cotton, en papier, en laine,
Des bonnes graces des deux Roynes.

ADVERTISSEMENT.

Ce que cy-deuant n'a peu faire
La drogue du Catholicon,
L'aluyniste electuaire,
Le peut faire en perfection :
Car on peut tout auec la graine,
Et la tige de L'ALVINE.

Quadrain de celuy qui est en faueur.

Ie suis ce que le Roy m'a fait,
Ie fay ce que ie veux en France,
Car ie suis le Roy en effet,
Et luy ne l'est qu'en apparence.

Autre à luy-mesme.

Es meschans autrefois regretterent Conchine,
Estimans que sa mort seroit l'heur des François,
Mais auiourd'huy les bons deplorent sa ruine,
Car on est moins foulé d'vn tyran que de trois.

FIN.

* 9 7 8 2 0 1 4 0 3 5 1 3 1 *